Le Cruel Congélateur

Les Éditions du Boréal reconnaissent l'aide financière
du gouvernement du Canada par l'entremise du Programme
d'aide au développement de l'industrie de l'édition (PADIÉ)
pour ses activités d'édition et remercient le Conseil des Arts
du Canada pour son soutien financier.

Les Éditions du Boréal sont inscrites au Programme d'aide
aux entreprises du livre et de l'édition spécialisée de la SODEC
et bénéficient du Programme de crédit d'impôt
pour l'édition de livres du gouvernement du Québec.

© Les Éditions du Boréal 2006
Dépôt légal : 3e trimestre 2006
Bibliothèque et Archives nationales du Québec

Diffusion au Canada : Dimedia
Diffusion et distribution en Europe : Volumen

Catalogage avant publication de Bibliothèque et Archives Canada
   Chauveau, Philippe, 1960-

   Le Cruel Congélateur

   (Boréal Maboul)

   (Les Aventures de Billy Bob ; 10)

   Pour enfants de 6 ans et plus.

   ISBN-13 : 978-2-7646-0482-3

   ISBN-10 : 2-7646-0482-3

   I. Simard, Rémy, 1960- . II. Titre. III. Collection. IV. Collection : Chauveau, Philippe, 1960- . Aventures de Billy Bob ; 10.

PS8555.H439C78   2006   jC843'54   C2006-941127-1
PS9555.H439C78   2006

Le Cruel Congélateur

texte de Philippe Chauveau
illustrations de Rémy Simard

Boréal Maboul

1

Piment flamme

Broum broum broum, fait l'orage.

— Dougou dougou dougoudou ! fait le téléphone.

Bobo a les yeux rouges, le nez rouge, et même les genoux rouges.

Il fait :

— Haaaaa… Ouuuuuu… Pfouuuuu…

Il souffle très fort. Il avale un litre d'eau. Ses deux amis, Billy Bob et Chef Richard, qui ont partagé 47 aventures avec lui, n'en reviennent pas.

— Dougou dougou dougoudou ! fait le téléphone.

Bobo dépose sur la table le reste du piment. C'est un petit piment rouge comme les flammes. Bobo, qui vient d'en avaler un morceau gros comme un confetti, a pris la couleur d'un incendie. Il conclut :

— Pfouuuuu… C'est le piment le plus fort que j'aie jamais mangé.

Billy Bob regarde les caisses de piments en disant :

— Mais, Bobo, qu'est ce que tu vas faire avec 41 caisses de piments plus brûlants que 16 cuillerées de lave chaude ?

— Dougou dougou dougoudou ! fait le téléphone.

Bobo souffle un peu de fumée :

— Je vais répondre au téléphone.

Il disparaît dans le couloir. Chef Richard dit :

— Ils sont horribles et ils brillent dans le noir. Moi, je n'y goûterai jamais.

À ce moment, un hurlement terrible fait éclater le silence. Un hurlement plus terrible que celui du cachalot qui vient de se cogner l'orteil sur le pied du lit.

2

Livreur de cervelles

Ce cri, c'est celui de Bobo ! Billy Bob se précipite vers l'endroit d'où il provient.

Il trouve Bobo dans le salon, effondré dans un fauteuil, le visage dans les mains. Billy Bob cherche celui qui a fait mal à son ami. Il tourne sur lui-même, plus rapide que le bébé chat qui veut attraper sa queue. Il est prêt à tout. Mais il a beau chercher, il ne voit que Bobo. Il n'y a pas un seul méchant. Chef Richard arrive à son tour. Il demande :

— Bobo, c'est toi qui as crié ?

— Snurfflll ! fait Bobo en reniflant.

Il lève la tête. Il est blanc comme un ours blanc qui s'est roulé dans la farine. Deux grosses larmes coulent sur ses joues jusqu'au coin de sa bouche. Deux grosses larmes au goût de sel. À grand-peine il dit :

— La... la... elle... elle...

Billy Bob n'a jamais vu son ami dans un tel état. Il aimerait cent fois mieux affronter dix mille monstres que de voir Bobo ainsi. Il pense qu'il est arrivé quelque chose de terrible terrible. Il tourne à nouveau en rond, cherchant n'importe quoi à combattre. Même une chaussette puante ferait l'affaire… Il préférerait faire la vaisselle que de voir son ami pleurer. Mais il a beau tourner. Il ne trouve rien. Il demande :

— Qui est cette « la » dont tu parles, et qui est cette « elle » ? Qu'est-ce qui s'est passé ?

Bobo renifle comme douze douzaines d'aspirateurs enrhumés :

— Snurfllll…

Puis il lâche :

— La… la pizzeria… elle… elle a brûlé…

Puis il se met à pleurer comme deux robinets, comme la douche, comme la pluie froide sous le ciel tout gris. Billy Bob reprend :

— C'est ça qui te met dans cet état ? Ce n'est pas vraiment terriblement terrible !

Bobo n'est pas d'accord. Il réplique entre deux douzaines de larmes :

— Cette pizzeria était comme le printemps pour moi, comme l'arc-en-ciel, comme une cerise sur un sandwich… Lorsque tu t'attaches à une pizzeria, c'est la plus belle du monde. La plus gentille. Ta pizza préférée te sourit quand le livreur te la donne. Et le monde est plus beau.

Billy Bob trouve que le cerveau de Bobo

ne tourne pas plus rond qu'une pointe de pizza. Il se demande s'il existe des cervelle-rias avec des livreurs de cervelles toutes gar-nies pour son ami. Il veut parler, mais Chef Richard l'interrompt :

— On ne peut pas empêcher un cœur d'aimer une pizzeria. En tant que grand superchef cuisinier, je suis touché par la fidé-lité de Bobo.

Chef Richard, qui est toujours prêt à être

ému, sort un oignon de sa poche, l'épluche, le met sous son nez et se met à pleurer lui aussi.

Billy Bob est épouvanté. Billy Bob est peut-être capable de garder une grosse araignée à poils longs sur son nez, mais il ne sait pas comment arrêter le robinet des larmes de ses amis. Bobo et Chef Richard pleurent comme le déluge. L'eau monte. Les pieds de Billy Bob font maintenant floc floc, et il n'a pas de bottes de pluie.

Chef Richard a une idée. Il lance :

— J'ai une idée.

— Ouf, fait Billy Bob, qui est-ce qu'il faut combattre ?

3

Orage pour congélateur

Chef Richard dit :

— Je ne veux pas me battre, je veux vous proposer une crème glacée.

Aussitôt le silence tombe lourdement dans la pièce. Comme le yogourt à la fraise tombe lourdement de sa branche lorsqu'il est mûr.

Bobo s'immobilise. Chef Richard reprend :

— Crème glacée O…

Puis, après un nouveau regard à son ami :

— Crème glacée OK aux fruits…

Le ventre de Bobo lève la tête. Car Chef Richard n'a pas parlé qu'à Bobo, il a surtout parlé au ventre de Bobo. Et le ventre de Bobo peut faire des miracles, il peut ronronner, faire sauter des crêpes mais, surtout, il peut prendre le contrôle du cerveau de Bobo. Et l'estomac de Bobo n'a jamais, au grand jamais, pu résister à la spécialité de Chef Richard : la crème glacée OK aux fruits. Les secondes passent, lourdes et lentes comme de lourdes et lentes mamans escargots. Bobo se lève comme un seul estomac et dit :

— Je prendrais peut-être une petite centaine de boules, ou peut-être deux petites centaines…

Chef Richard conduit les deux amis à sa nouvelle maison. Dehors il pleut, il tonne. Des éclairs gigantesques déchirent le ciel. Billy Bob demande :

— Qu'est-ce que c'est, la crème glacée OK aux fruits ?

Chef Richard lui répond :

— De la crème glacée Oignons et Ketchup aux fruits. C'est délicieux sur de la tourtière chaude.

Billy Bob sent son estomac frémir d'horreur.

— Katlawww!!! fait un gigantesque éclair.

En chemin, Chef Richard apprend à ses amis qu'il doit passer un examen difficile pour devenir Grand Chef Glacier, c'est-à-dire grand maître dans la fabrication de crème glacée. Depuis des mois, il invente de nouvelles saveurs qu'il aimerait bien faire goûter à ses amis. Il en a des centaines de litres.

— Katlawww!!! fait un gigantesque éclair.

Billy Bob est inquiet. Il se dit que Chef Richard est capable d'inventer de la crème glacée au sandwich aux œufs ou de la crème glacée au pâté chinois.

Il entre en tremblant dans l'immense cuisine. Il s'arrête devant un très grand miroir. Non, ce n'est pas un miroir, mais un gros bloc d'acier poli haut comme un camion avec une porte assez grande pour laisser passer deux Bobo. Qu'est-ce que c'est ? Et à quoi ça sert ?

Chef Richard leur explique :

— C'est Boris ! mon supergéant congélateur intelligent. Un grand maître glacier a besoin du meilleur congélateur au monde. Bonjour, Boris.

Alors, dans les oreilles étonnées de Billy

Bob et de Bobo, résonne une voix froide et souple comme une nageoire de pingouin :

— Bonjour, Grand Maître. Je suis très heureux de vous voir et je suis très content de rencontrer vos amis.

Bobo est impressionné :

— C'est vrai qu'il est poli !

Chef Richard demande à ses amis de s'asseoir à table pour qu'il puisse les servir. À ce moment :

— KATLACK !

La fenêtre s'ouvre avec fracas !

La lumière de l'éclair balaie la pièce. Elle ramasse toutes les poussières d'ombre et les jette à la poubelle.

Le tonnerre claque comme un baobab qui se brise.

Le tonnerre roule comme la charge de mille rhinocéros sur le toit.

Une boule de feu entre par la fenêtre, fait trois fois le tour de la pièce, quatre fois le tour de Bobo. Elle hésite devant Boris. Elle se regarde, surprise, dans le miroir d'acier poli. Billy Bob, Bobo et Chef Richard retiennent leur respiration. Puis la boule de feu explose sur le congélateur en projetant des étincelles partout, comme une boule de purée qui exploserait contre le mur de la classe. Plutch ! ! !

La lumière s'éteint. Boris lance, à son tour, des étincelles.

Après quelques secondes il fait noir, comme à l'intérieur du réfrigérateur lorsque la porte est fermée et que la petite lumière est éteinte.

Puis l'électricité revient enfin. Billy Bob dit :

— Ça alors… La foudre est entrée dans la maison. Nous avons eu de la chance que tout se termine bien.

Mais…

MAIS…

Où est Chef Richard ?

Glace au Chef Richard

Billy Bob et Bobo cherchent dans toute la pièce. Ils crient :

— Chef Richaaaard !

Mais Chef Richard ne répond pas. Billy Bob dit :

— Je n'aime pas cette histoire. Allons voir s'il n'est pas ailleurs.

Ils fouillent le reste de la maison. Ils crient :

— Chef Richaaaard !

Mais Chef Richard ne répond pas davantage. Toutes ces émotions ont ébranlé Bobo. Et quand Bobo est ému, quand il a peur, quand sa pizzeria préférée a brûlé ou quand son grand ami disparaît en un éclair, Bobo commence à avoir faim. Très très faim.

Rien ne vaut une petite crème glacée pour reprendre des forces, se dit Bobo en descendant à la cuisine. Il ouvre Boris et découvre alors les merveilles de Chef Richard : de la crème glacée explosive à la pomme grenade, de la crème glacée aux aiguilles de cactus qui pique la langue, de la crème glacée à la gomme à effacer à odeur de fraise, de la crème glacée élastique qui fait du bungee au fond de l'estomac et qui remonte… et même de la crème glacée à la crème glacée ! ! !

Boris paraît encore plus grand vu de l'intérieur que de l'extérieur. Bobo y fait quelques pas. Il y a des montagnes de pots de crème glacée, des icebergs de fruits, des banquises de crème d'où dépassent deux ou trois mammouths. Bobo voit des merveilles.

Il voit Chef Richard lui-même, tout bleu et tout glacé et tout grelottant. Chef Richard ! ! ! Bobo se précipite pour aider son ami. Il veut le sortir du congélateur. La porte de Boris, lentement, se referme derrière lui.

Bobo sortira-t-il à temps ?

5

Froid dans le dos

En arrivant dans la cuisine, Billy Bob voit le pied de Bobo coincé dans la porte de Boris. Il ne prend pas le temps de se demander si Bobo est dans le congélateur parce qu'il a envie de se rafraîchir ou parce qu'il veut manger toute la crème glacée! Il ouvre la porte et tire Bobo qui, à son tour, tire Chef Richard. Billy Bobo et Bobo conduisent ce dernier sur son lit et l'enfouissent sous 60 épaisses couvertures.

Chef Richard a les lèvres bleues, le bout

du nez blanc et glacé. Bobo trouve qu'il ressemble tout à fait à un yogourt glacé au bleuet.

Billy Bob est inquiet. Il dit que c'est très dangereux d'avoir une partie du corps blanche et glacée. Que, une fois gelée, cette partie peut même tomber.

— Mais, dit Bobo, Chef Richard risque de perdre son grand chapeau...

À ce moment Chef Richard ouvre douloureusement les yeux. Il tremble. Il claque des dents. Il dit :

— Boris... le congélateur... il a voulu me manger.

Billy Bob n'arrive pas à le croire :

— Mais voyons, les congélateurs carnivores, c'est comme les rhumes de voitures, comme les gants à huit doigts ou comme les bicyclettes à étages : ça n'existe pas.

Bobo raconte avoir eu l'impression que quelqu'un essayait de l'attirer à l'intérieur du congélateur. Il dit :

— Rien que d'y penser j'en ai froid dans le dos. D'ailleurs… maintenant que je le dis, je sens vraiment un souffle glacial dans mon dos.

Bobo se retourne et se retrouve nez à nez avec deux gros yeux qui le fixent ! ! ! Ouf ! Ce n'est que son propre reflet. Boris est tellement près de lui que Bobo ne voit rien d'autre. Chef Richard dit :

— Qu'est-ce que tu fais là, Boris ? Retourne dans la cuisine.

Boris ouvre alors une porte immense, une

porte-bouche immense, et son rire tinte comme des glaçons dans un verre. Son souffle est une rafale glacée qui gèle les trois amis jusqu'au bout de leurs chaussettes.

Boris parle d'une voix forte et dure comme la langue de l'orque qui lèche un popsicle au goût de phoque artificiel :

— L'époque où je recevais des ordres est terminée ! La foudre m'a chatouillé le cerveau électronique. Maintenant je veux être libre ! Et tous les humains qui voudront se mettre sur ma route finiront en glaçons !

Chef Richard proteste :

— Ce n'est pas gentil, moi qui t'ai toujours nourri…

Boris n'est pas du même avis :

— Ça vous amuse peut-être de me faire avaler n'importe quoi sans me demander si

j'aime ça ? Comme cette horrible crème gla-cée OK aux fruits. Je déteste la crème glacée OK aux fruits. Ça laisse une sale impression sur la langue.

Par sa porte, Boris sort deux nouveaux bras de crème glacée pleins de morceaux de fruits, de chocolat, de menthe. Il les dresse bien haut et crie :

— Vive les congélateurs. Vive les congéla-teurs libres !

Il se met à cracher des pots de crème gla-cée OK aux fruits qui explosent sur les murs, sur les meubles. Chef Richard pâlit. Billy Bob sourit.

Bobo, lui, sent son estomac se retourner. Il s'écrie :

— Arrêtez ! Cette crème glacée est à

nous ! C'est horrible. C'est cruel. C'est aussi méchant que de brûler une pizzeria.

Billy Bob bondit et, plus rapide que l'aigle qui se rappelle avoir oublié la casserole sur la cuisinière allumée, il fait le tour de Boris et débranche le long long cordon électrique. Il s'arrête alors et laisse tomber :

— Voilà, ce n'était pas plus difficile que ça.

Boris rit de nouveau. Billy Bob se demande ce qui se passe : il a pourtant débranché le bon cordon. Boris ne devrait plus rire, plus bouger, plus congeler. Chef Richard se souvient :

— Boris est capable de fonctionner douze heures sans électricité. C'est très utile, en cas de panne de courant.

Petits pingouins pointus

Dans un souffle glacial, le congélateur lance alors des petits pingouins de glace pointus comme des aiguilles. Les projectiles foncent sur Billy Bob à la vitesse d'une main fonçant sur le maringouin qui fait bzz bzz dans l'oreille.

Billy Bob a été champion de ballon-chasseur quand il était plus jeune. Il se penche au dernier moment.

La volée de pingouins de glace se fiche

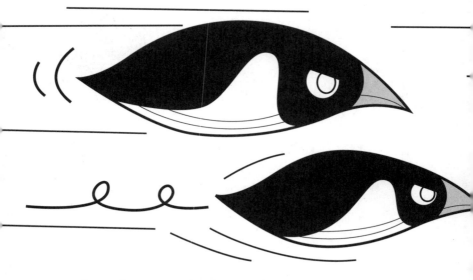

dans le mur de la chambre où elle commence à fondre.

Pendant ce temps, Billy Bob esquive deux
autres souffles. Le premier en forme d'ours
blanc, le second en forme de palmier. Il les
évite facilement. Il se demande pourquoi
Boris lui a lancé un palmier lorsque deux
noix de coco s'en détachent et viennent lui
faire bong bong sur la tête.

Dans la chambre, la température chute rapidement. De longs glaçons pendent du plafond. Chef Richard est coincé sous ses couvertures comme sous un gros bloc de glace.

En voulant éviter une nouvelle attaque, Billy Bob glisse sur le sol transformé en patinoire. Boris lui donne un coup de porte dans le dos. Billy Bob est projeté jusqu'à l'autre extrémité de la pièce où il s'écrase au pied du mur. Boris se penche déjà sur lui en ouvrant une bouche pleine de terribles dents de glace.

Billy Bob sent le froid l'envelopper comme le glaçage au chocolat enveloppe le gâteau d'anniversaire. Il arrive à bondir plus loin en criant :

— Bobo ! As-tu une idée ?

Mais Bobo n'est plus là. Billy Bob n'en revient pas. D'habitude, ce sont les congélateurs qui s'enfuient quand Bobo arrive. Pas le contraire !

7

La petite lumière s'éteint

Boris est très rapide pour un congélateur de sa taille. Il rejoint Billy Bob et projette sur lui un nouveau souffle plus glacé qu'un glacier. Un souffle en forme de popsicle pointu. Avec horreur, Billy Bob le voit foncer sur lui lorsque :

— PFOUUUUUUU !

La pièce est traversée par un autre long souffle, brûlant et rouge celui-là, qui saute sur le popsicle meurtrier et le fait fondre aussi facilement que le volcan fait fondre le

flocon de neige. C'est Bobo qui est de retour. Avec une caisse de piments. Il en avale un en entier. Ses yeux s'ouvrent tout grands. Même ses lacets deviennent rouges.

Il fait :

— Haaaaa… Ouuuuuuuu… Ça brûle.

Puis il fait :

— PFOUUUU!!!!!!

Toute la glace de la chambre fond sous son haleine. La température monte. Boris veut attraper Bobo avec ses grands bras de neige, mais ceux-ci fondent au contact de Bobo et coulent à grandes gouttes sur le plancher. Bobo est brûlant comme un gros dragon sans écailles. Ses flammes lèchent le métal poli de Boris qui tente de s'enfuir, de la vapeur lui sortant par la porte.

Billy Bob se dégèle enfin. Il est content de revoir son ami :

— Je savais que tu ne pouvais pas nous abandonner, mais…

Billy Bob hésite, puis sourit :

— J'ai failli perdre mon sang-froid quand j'ai vu que tu n'étais plus là.

Bobo aime bien que Billy Bob fasse des jeux de mots. Même quand ils ne sont pas très bons. Il sourit à son tour et continue :

— Impossible ! Toi, perdre ton sang-froid ? Tu sais bien qu'il n'y a rien de plus dangereux lorsqu'on affronte un congélateur.

Chef Richard, qui vient de rejoindre ses amis, rit lui aussi.

Bobo se prend pour un dompteur de congélateurs. Il dit :

— Couché, Boris, donne la papatte.

Boris n'a pas de papatte à donner. Il tend son cordon électrique à Bobo qui le prend :

— C'est un gentil congélateur, ça. Oui madame. Gentil gentil.

Mais, soudain, le cordon s'enroule autour des jambes de Bobo, qui agite un doigt fâché :

— Méchant congélateur. Méchant. À la niche !

Boris ne va pas à la niche. C'est un traître. Il tire son cordon. Bobo tombe sur ses amis qui s'écroulent en voulant le retenir.

Profitant de l'effet de surprise, Boris souffle et souffle et souffle. Il projette encore et encore le froid mordant qui plante ses mille dents dans le corps des trois amis.

Avant qu'ils puissent se dégager, une couche de glace, épaisse comme un dictionnaire, les recouvre.

Billy Bob, Bobo et Chef Richard sont plus que frigorifiés : ils sont congélateurisés. Boris sort de nouveaux bras de neige. Il avale, tour à tour, les trois amis.

Puis il ferme lentement sa porte-bouche.

La petite lumière s'éteint.

La froide nuit du congélateur

Les trois amis sont plongés dans la nuit du congélateur. Non, pas tout à fait. Bobo, comme une veilleuse rouge, brille un peu dans le noir. Billy Bob réussit à dire :

— Vous avez été les meilleurs amis du monde.

Bobo est très ému. Il soupire et dit :

— Je pense que je mangerais une centaine de pizzas extralarges.

Billy Bob est touché par les paroles de son

ami. Il sait que Bobo a faim quand il est ému. Et là il a très très très faim.

Billy Bob cherche encore une solution. Mais ses pensées sont comme des poissons glacés. Elles bougent à peine dans l'iceberg de son cerveau. Malgré tout, une de ses idées s'agite soudain. Billy Bob vient d'avoir une idée. Il murmure :

— Bobooooo… La pizzeriaaaaaa a brûlé.

C'en est trop pour Bobo. Ces paroles le font pleurer. Ses larmes coulent le long de ses joues, de son nez… Elles sont salées. Elles font fondre la glace ! ! !

Boris se sent tout drôle. Est-ce qu'il a trop mangé ? Est-ce qu'il a mangé trop épicé ? Il a des gargouillis dans l'estomac.

Les larmes de Bobo coulent sur ses amis.

Tout à coup Billy Bob réussit à bouger un bras et à le dégager. Il s'écrie :

— Pleure, Bobo, pleure.

Bobo continue à pleurer. Comme une fontaine. Comme un camion de pompier ! ! ! Bientôt les trois amis flottent dans une piscine d'eau salée.

Boris n'aime pas ça du tout. Quelque chose le ronge. Il va être malade. Il grince de douleur comme un congélateur attaqué par le sel. Finalement il a un hoquet. Sa porte s'ouvre et il vomit un flot de larmes dans lesquelles baignent les trois amis.

Nouvelle recette de Chef Richard

— Atchoum, fait Chef Richard.

— Atchoum, répond Bobo qui continue :

— Aille, ouille, aille, la gorge me brûle.

Dans la cuisine de Chef Richard, il n'y a plus trace de Boris. Chef Richard dit :

— Pauvre Bobo. Je t'ai préparé une surprise.

Il sort une boîte à pizza d'un nouveau grand congélateur pas intelligent du tout. Bobo dit :

— Merci, Chef Richard. J'espère qu'il n'y a pas de piments. Ça me fait trop penser à ce méchant congélateur. Tiens… le méchant congélateur. Ça ferait un bon titre de livre…

— Atchoum, fait Billy Bob, qui arrive. Il continue :

— Boris est complètement rouillé. Il ne supportait vraiment pas le sel.

Chef Richard l'accueille :

— Tu arrives juste à temps, Billy Bob !

Billy Bob regarde la boîte de pizza en disant :

— Ils ont reconstruit la pizzeria de Bobo ?

Chef Richard sourit en ouvrant la boîte :

— Non… C'est une grande surprise pour Bobo. Une pizza en crème glacée !

Billy Bob se souvient des recettes de Chef Richard. Il grimace et demande :

— En crème glacée à quoi ?

— À la pizza, répond Chef Richard, la première crème glacée à la pizza !

— Toute garnie ? demande Bobo. Mais, Billy Bob, pourquoi te sauves-tu en courant ? ?